Dzieci Filozofują

UCZUCIA

CO TO TAKIEGO?

Książki z serii DZIECI FILOZOFUJĄ:

Uczucia, co to takiego?
Życie, co to takiego?
Dobro i zło, co to takiego?
Ja, co to takiego?

W przygotowaniu:

Piękno i sztuka, co to takiego?

**Indirze –
by myśli i uczucia
płynęły jednym nurtem**

Autorzy dziękują władzom Nanterre, które umożliwiły realizację projektu zajęć z filozofii w szkole podstawowej, nauczycielom, którzy odważyli się na tę przygodę, i wszystkim dzieciom, które zadawały pytania i na nie odpowiadały.

Wyrazy uznania dla Isabelle Millon za cenną współpracę.

Tytuł oryginału: Les sentiments, c'est quoi?

First published in 2004 by Éditions Nathan
Published in the Polish language by arrangement with Éditions Nathan, Paris, France

Redakcja: Katarzyna Skalska, Agnieszka Stróżyk
Korekta: Paulina Biczkowska
Poznań 2014
Wydanie pierwsze, nakład trzeci
Druk: Białostockie Zakłady Graficzne
ISBN 978-83-7776-029-1

Wydawnictwo Zakamarki
ul. Romana Maya 1
61-371 Poznań

www.zakamarki.pl

Dzieci Filozofują

UCZUCIA

CO TO TAKIEGO?

Tekst: Oscar Brenifier
Ilustracje: Serge Bloch

Przełożyła z francuskiego:
Magdalena Kamińska-Maurugeon

ZAKAMARKI

Pytania?
Po co te pytania?

Dzieci zadają pytania, całą masę pytań, często bardzo ważnych. Co robić z tymi pytaniami? Czy rodzice powinni na nie odpowiadać? Dlaczego mieliby odpowiadać na nie zamiast dzieci?

Nie chodzi o to, by wykluczyć odpowiedzi rodziców – mogą one pokazać dziecku możliwy punkt widzenia. Ale dobrze jest również uczyć je, by samodzielnie myślało, dokonywało ocen, zastanawiało się, a dzięki temu – zyskiwało niezależność i stawało się odpowiedzialne.

W książkach z serii DZIECI FILOZOFUJĄ na każde pytanie pada kilka odpowiedzi. Jedne wydadzą się wam oczywiste, inne – dziwne, zaskakujące, zbijające z tropu. Wszystkie będą prowokować do zadawania kolejnych pytań, bo przecież można je stawiać bez końca.

Ostatnie pytania pozostaną, być może, bez odpowiedzi. I dobrze. Nie trzeba na nie koniecznie odpowiadać. Można postawić jakieś pytanie ot tak, wyłącznie dlatego, że wydaje się ciekawe, że niesie ze sobą pewien sens i wartość. Bo życie, miłość, piękno i dobro były, są i będą wielką zagadką.

Wydepczemy jednak pewne ścieżki. Korzystajcie z nich, szukając odpowiedzi. Pozostańcie czujni. A przede wszystkim nie zapominajcie, jak wiele daje rozmowa – zarówno dzieciom, jak i dorosłym.

Oscar Brenifier

Spis treści

Skąd wiesz, że rodzice cię kochają?

Skąd wiesz, że rodzice cię kochają?

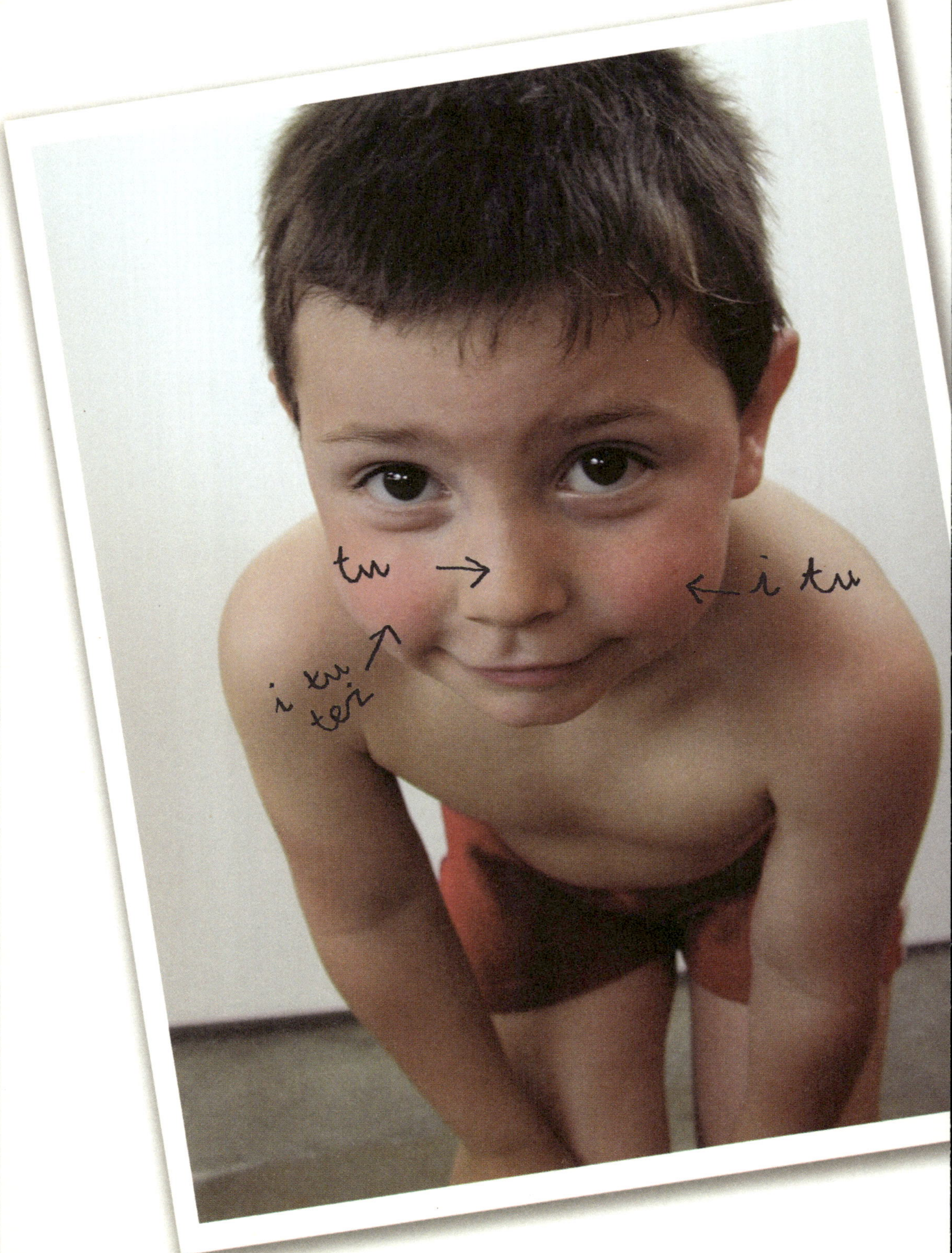

BO MNIE CAŁUJĄ.

Tak, ale…

Czy ci, którzy się całują,
zawsze się kochają?

Czy ci, którzy się kochają,
ciągle się całują?

Czy zawsze lubisz,
gdy ktoś cię całuje?

Skąd wiesz, że rodzice cię kochają?

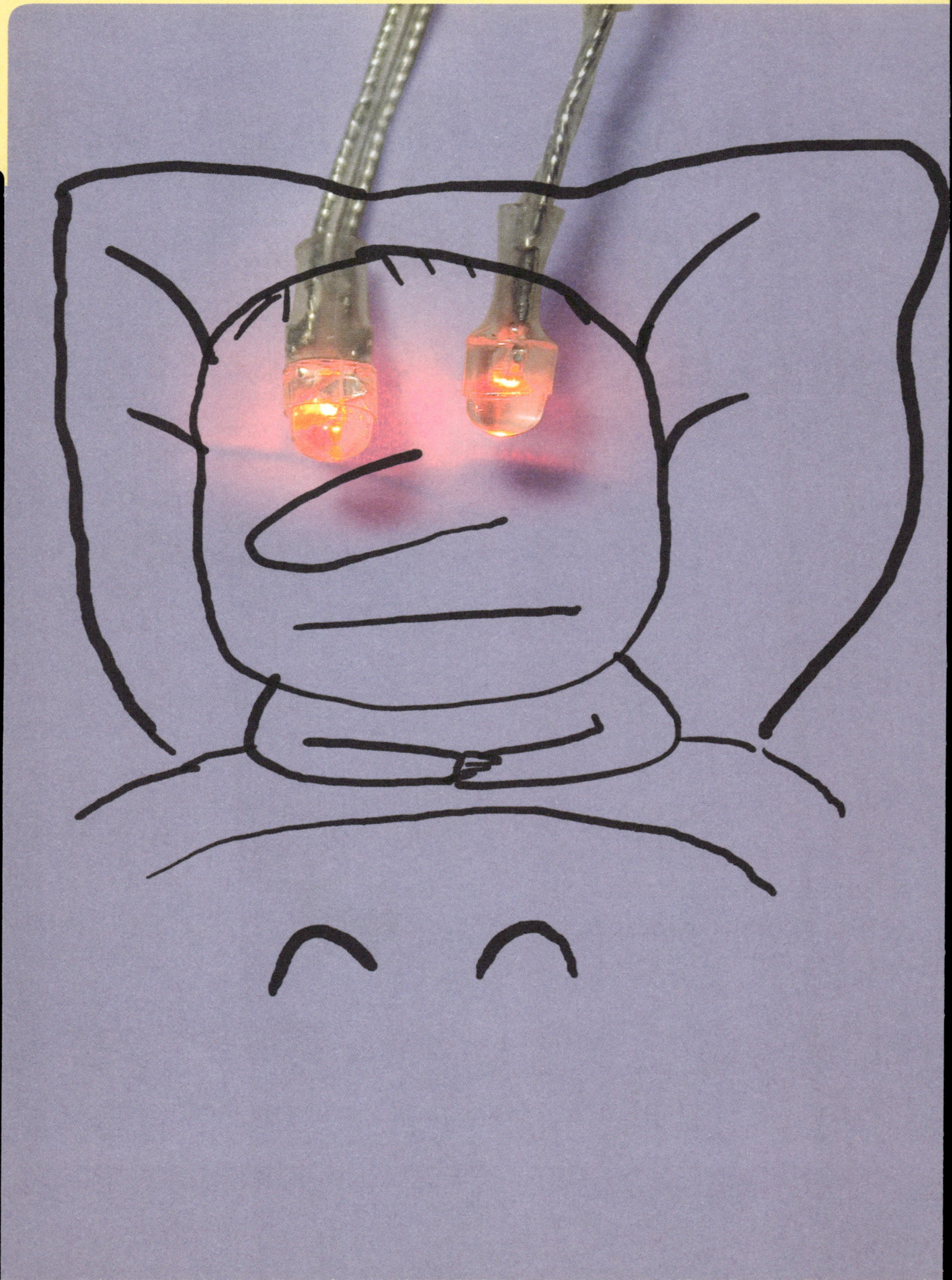

BO DAJĄ MI JEŚĆ I CHODZĄ ZE MNĄ DO LEKARZA, GDY JESTEM CHORY.

Tak, ale...

Czy rodzice nie mają obowiązku tego robić?

Czy wszystkich rodziców stać na to, żeby nakarmić swoje dzieci?

Czy rodzice, których na to nie stać, nie kochają swoich dzieci?

BO CZUJĘ TO W SERCU.

Tak, ale...

Czy to, co się czuje w sercu, jest bardziej pewne od tego, co podpowiada rozum?

Czy nie potrzebujesz czasem dowodów ich miłości?

Czy można nie odczuwać miłości, którą ktoś nas obdarza?

BO SIĘ O MNIE MARTWIĄ.

Tak, ale...

Czy to zawsze przyjemne,
gdy ktoś się o ciebie martwi?

Czy koniecznie trzeba
się martwić o tych,
których się kocha?

Skoro rodzice ci ufają,
to czy muszą się
o ciebie martwić?

Za bardzo mnie chronią!

BO MNIE KARZĄ,
GDY COŚ PRZESKROBIĘ.

Tak, ale...

Czy kara to zawsze wyraz miłości?

Lepiej karać czy tłumaczyć?

Czy każda kara jest zasłużona?

Skąd wiesz, że rodzice cię kochają?

BO DAJĄ MI WSZYSTKO, CZEGO CHCĘ.

Tak, ale…

Czy wszystko
można kupić?

Czy temu, kogo się
kocha, nie można
czasem odmówić?

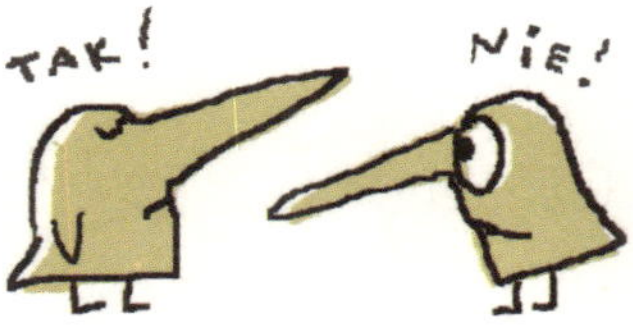

Czy wszystko,
czego chcesz,
jest dla ciebie dobre?

Czy każdy prezent
jest dowodem miłości?

Rodzice cię kochają. Jesteś o tym przekonany. Zazwyczaj. Czasem jednak w to wątpisz – trochę albo bardzo. Jesteś smutny, zły. Chciałbyś być pewien ich miłości, bo tak bardzo jej potrzebujesz. Domagasz się dowodów, że cię kochają. Ale nie zawsze udaje ci się rozpoznać lub zrozumieć te, które dostajesz: czułość, prezenty, karę, troskę. Być może dlatego, że chcesz ich zbyt wiele. Ale przede wszystkim dlatego, że miłość to skomplikowane uczucie, które nie zawsze rozumiemy…

Zadając sobie to pytanie, możesz…

…uświadomić sobie, że miłość wyraża się na tysiące sposobów, czasem sprzecznych ze sobą.

…nauczyć się rozpoznawać dowody miłości, które dają ci rodzice.

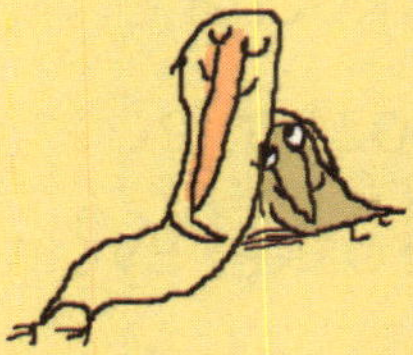

…cieszyć się tym, że jesteś kochany.

Czy jesteś zazdrosny o swoich braci i siostry?

NIE, BO ICH KOCHAM.

Tak, ale...

Czy zawsze chcemy się wszystkim dzielić z tymi, których kochamy?

Czy czasem zazdrościsz ludziom,
których nie kochasz?

Czy zawsze czujesz,
że kochasz swoje rodzeństwo?

Czy jesteś zazdrosny o swoich braci i siostry?

TAK, BO MAJĄ RZECZY, KTÓRYCH JA NIE MAM.

Tak, ale...

Ty chyba też masz rzeczy, których nie ma twoje rodzeństwo?

Dlaczego musisz mieć to samo co oni?

Dlaczego chcesz mieć to, czego nie masz?

TAK, BO CHCIAŁBYM, ŻEBY RODZICE ZAJMOWALI SIĘ TYLKO MNĄ.

Tak, ale...

Czy miłością nie można się dzielić?

Czy rodzice kochają cię mniej, gdy zajmują się twoim rodzeństwem?

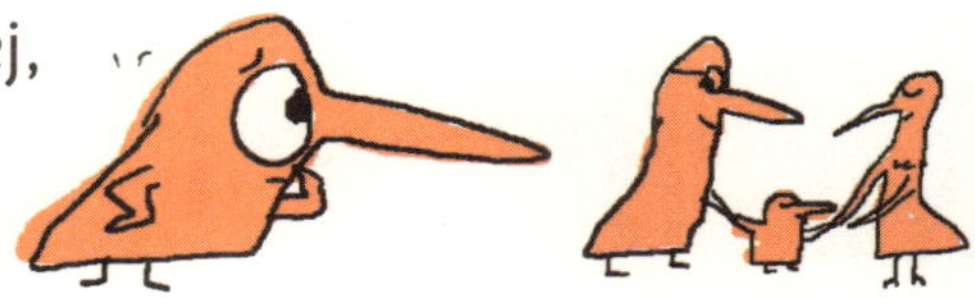

Czy zawsze chcesz, żeby rodzice się tobą zajmowali?

Czy chciałbyś, żeby porzucili twoje rodzeństwo?

NIE, BO OD ZAZDROŚCI JESTEŚMY NIESZCZĘŚLIWI.

Tak, ale...

Czy byłbyś zazdrosny,
gdybyś czuł się przez to szczęśliwy?

Czy nie jest raczej tak,
że czujemy zazdrość,
bo jesteśmy nieszczęśliwi?

Kto jest nieszczęśliwy z powodu
twojej zazdrości – ty czy inni?

NIE, BO NIE CHCĘ ROBIĆ SCEN.

Tak, ale…

Może czasem masz powody do zazdrości i robienia scen?

Czy można wybić sobie zazdrość z głowy, żeby nie robić scen?

Czy nie lepiej wyrazić swoją zazdrość, nawet jeśli to doprowadzi do kłótni?

Miłość jest wielkim uczuciem i czasem boimy się, że ktoś nam ją odbierze. Boimy się, że przestaniemy istnieć, kiedy ją stracimy. Nawet, jeśli tłumaczysz sobie, że to nie w porządku, chciałbyś czasem, żeby rodzice zajmowali się tylko tobą, widzieli tylko ciebie. Jesteś zazdrosny. Wydaje ci się, że wszystko, co dostają twoi bracia i siostry, zostało skradzione tobie. I z tego powodu cierpisz. Ale skoro miłość jest tak wielka, to przecież na pewno można się nią dzielić.

Zadając sobie to pytanie, możesz...

...zrozumieć, że miłość trzeba również dawać, nie tylko przyjmować.

...nauczyć się ufać tym, którzy cię kochają.

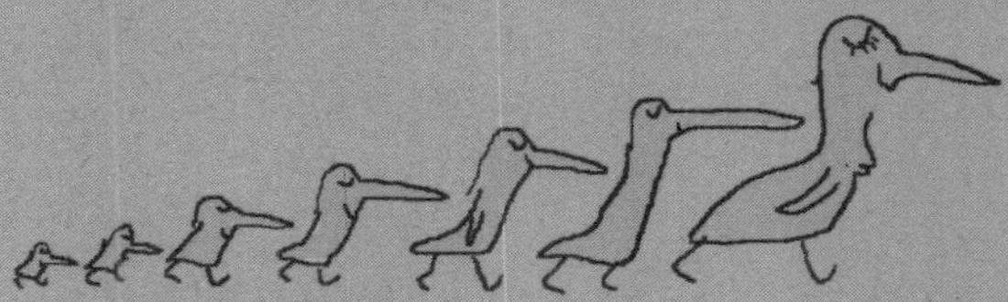

...przyznać każdemu miejsce w rodzinie.

...uświadomić sobie, że jesteś równie wyjątkowy jak miłość, którą dajesz i którą dostajesz.

Dlaczego kłócisz się z tymi, których kochasz?

BO JAK MI DOKUCZAJĄ,
TO SIĘ BRONIĘ.

Tak, ale...

Może inni mają powody, żeby ci dokuczać?

Czy koniecznie musisz się bronić, gdy ktoś ci dokucza?

Czy ci, którzy cię kochają, mogą jednocześnie kochać cię i ci dokuczać?

Dlaczego ty dokuczasz innym, skoro sam nie lubisz, gdy tobie dokuczają?

BO JESTEM WŚCIEKŁY.

Tak, ale...

Kto doprowadza cię do wściekłości – inni czy ty sam?

Czy kłótnia cię uspokaja?

Czy nie lepiej trzymać się z daleka od innych, gdy jesteś wściekły?

BO JESTEM NIEDOBRY.

Tak, ale...

Czy jesteśmy niedobrzy, bo się kłócimy, czy też kłócimy się, bo jesteśmy niedobrzy?

Gdybyś był niedobry, jak mógłbyś kochać?

Czy można być na wskroś złym człowiekiem?

BO POTEM JEST MI LEPIEJ.

Tak, ale...

Co, jeśli to sprawia ból
tym, których kochasz?

Czy zawsze po kłótni
czujesz się lepiej?

Czy kłótnia może być zabawą?

ŻEBY ROZWIĄZAĆ PROBLEM.

Tak, ale...

Czy o problemach nie lepiej spokojnie porozmawiać?

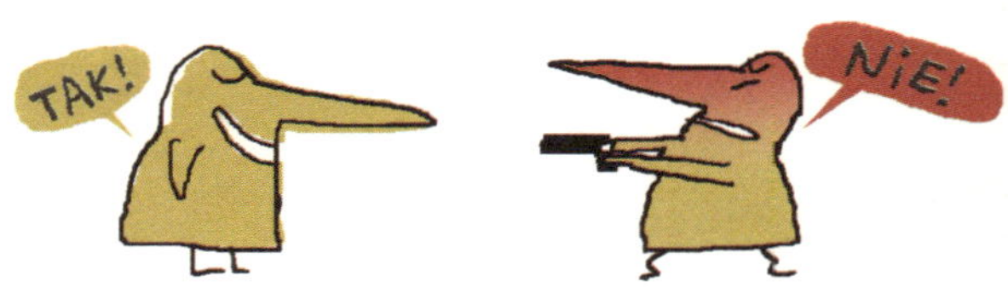

Czy problem zawsze można rozwiązać?

Czy kłótnie nie powodują kolejnych problemów?

Czy to, co mówimy w czasie kłótni, zawsze jest sprawiedliwe i przemyślane?

Najbardziej zażarte kłótnie prowadzisz często z tymi, których kochasz. Może dlatego, że uczucia czynią cię wrażliwym oraz wymagającym wobec nich. A może też dlatego, że mieszkasz z nimi i widujesz ich najczęściej: ich nieobecność jest przykra, lecz obecność bywa nie do zniesienia. Przyczyn konfliktu może być wiele: złość, różnica zdań, przyjemność płynąca z dokuczania drugiej osobie albo poczucie, że ktoś nas prowokuje. Kłótnie nie przekreślają miłości – są wyrazem kłopotów z zaakceptowaniem inności, sprzeciwu czy chłodu tych, których kochamy.

Zadając sobie to pytanie, możesz...

...zrozumieć powody kłótni i nie dawać się ponieść emocjom.

...uświadomić sobie, że pewne gesty i słowa mogą ranić tych, których kochasz.

...zdać sobie sprawę, że życia z ludźmi trzeba się uczyć, nawet gdy ich kochamy.

Czy dobrze jest być zakochanym?

TAK, BO CZUJEMY SIĘ WTEDY SZCZĘŚLIWI.

Tak, ale…

Czy nie można być równie szczęśliwym w pojedynkę?

Czy miłość daje wyłącznie szczęście?

Czy szczęście jest w życiu najważniejsze?

Czy jesteś szczęśliwy, gdy kochasz bez wzajemności?

NIE, BO WTEDY INNI SIĘ

Tak, ale...

Wolisz kierować się zdaniem innych czy własnym?

Czy możesz przekonać innych, że źle robią?

ZE MNIE NAŚMIEWAJĄ.

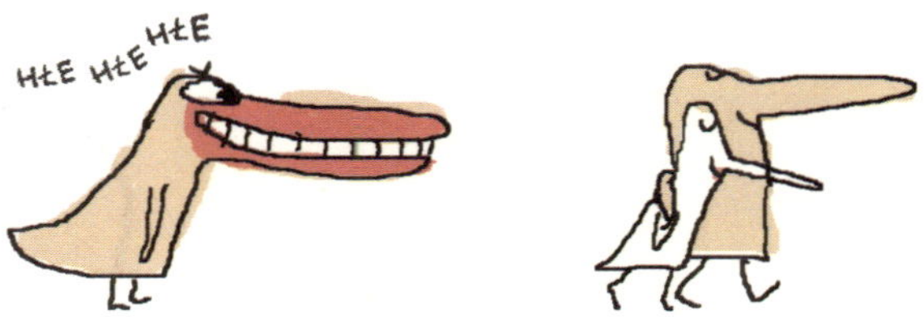

A może śmieją się z ciebie, bo ci zazdroszczą?

Czy ktoś się śmieje z twoich rodziców, że się kochają?

TAK, BO WTEDY MOŻNA

Tak, ale...

Czy jeśli ktoś ci nie pomaga, to przestajesz go kochać?

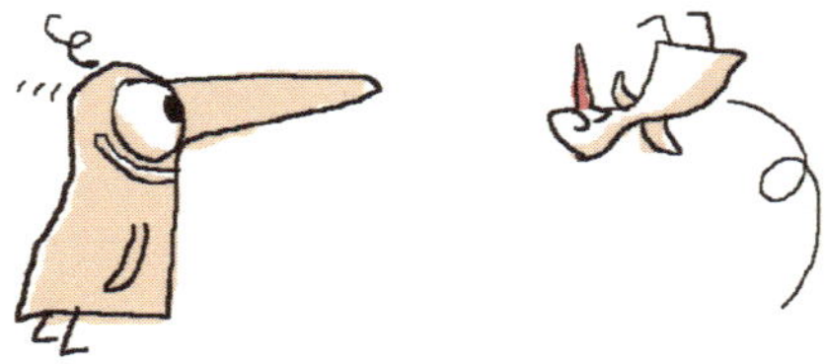

Zakochujemy się w osobie czy w tym, co robi?

SOBIE POMAGAĆ.

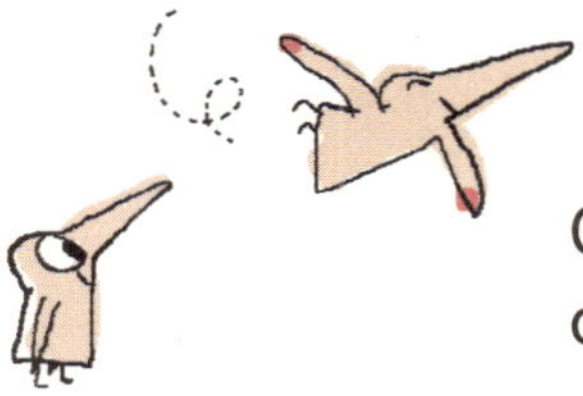

Czy miłość musi
czemuś służyć?

Gdy jesteśmy zakochani,
wolimy pomagać czy chcemy,
żeby to nam pomagano?

NIE, BO CZASEM TRWA TO KRÓTKO.

Tak, ale…

Czy ktoś może przewidzieć,
jak długo będzie trwała miłość?

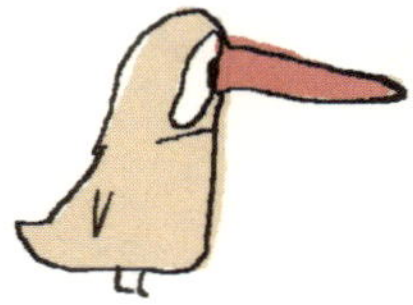

Czy można coś zrobić,
żeby miłość się nie skończyła?

Czy mamy unikać miłości,
by nie narażać się na cierpienie?

NIE, BO TO DOPADA NAS, CHOĆ O TO NIE PROSILIŚMY.

Tak, ale...

Czy możemy być zakochani,
choć tego nie chcemy?

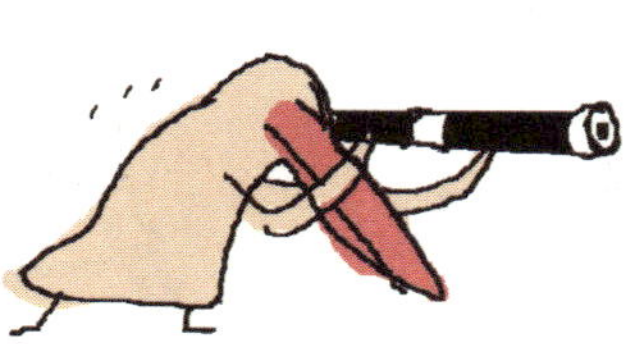

Czy gdzieś żyje ktoś,
kto jest ci przeznaczony?

Czy wystarczy się zakochać,
żeby kochać na zawsze?

Zakochać się! Marzymy o tym, rozmawiamy o tym, boimy się tego... Miłość to wielkie szczęście, ale też wielki niepokój. Bo zakochany ryzykuje. A co, jeśli nie będziemy potrafili żyć bez tej drugiej osoby? Co, jeśli się pokłócimy, rozstaniemy? A jeśli inni będą się z nas śmiać? W dodatku to, czy się zakochamy, nie zależy tak do końca od nas: nie wybieramy ani pory, ani osoby. Ale choć miłość czasem nas przerasta, pozwala nam też odkryć, kim tak naprawdę jesteśmy.

Zadając sobie to pytanie, możesz…

…zrozumieć i zaakceptować, że nie wszystko zależy od ciebie.

…uświadomić sobie, kim jesteś i czego chcesz.

…pozwolić sobie na odrobinę szaleństwa w codziennym życiu.

Czy wolisz
być sam,
czy z przyjaciółmi?

WOLĘ BYĆ SAM, BO CHCĘ MIEĆ SPOKÓJ.

Tak, ale...

Czy spokój może zrobić się nudny?

Czy czasem boimy się samotności?

Czy żyjemy po to, żeby mieć spokój?

WOLĘ BYĆ SAM, KIEDY CHCĘ NAD CZYMŚ POMYŚLEĆ.

Tak, ale…

Czy inni mają wpływ na to, co myślisz?

Czy nie myśli ci się lepiej,
gdy wyjaśniasz innym swoje myśli?

Kto cię poprawi, jeśli się mylisz?

LEPIEJ BYĆ Z PRZYJACIÓŁMI,

Tak, ale...

Czy nie potrafisz bawić się sam?

Czy przyjaciele służą tylko do zabawy?

BO MOŻNA SIĘ RAZEM BAWIĆ.

Czy możesz przyjaźnić się
z kimś, kto nie chce się
z tobą bawić?

Czy cieszysz się,
że jesteś z przyjaciółmi,
kiedy przegrywasz?

Czy wolisz być sam, czy z przyjaciółmi?

WOLĘ BYĆ SAM, BO CHCĘ MIEĆ ZABAWKI TYLKO DLA SIEBIE.

Tak, ale...

Czy przyjaciele nie dzielą się z tobą zabawkami?

Czy dzielenie się tym, co masz, może sprawić ci radość?

Czy lubisz grać sam w gry planszowe?

Czy wolisz być sam, czy z przyjaciółmi?

WOLĘ BYĆ Z PRZYJACIÓŁMI, BO ICH LUBIĘ.

Tak, ale…

Czy chciałbyś, żeby twoi przyjaciele
u ciebie zamieszkali?

Czy często zmieniasz
przyjaciół?

A co, jeśli twoi przyjaciele
wolą być sami?

Czy lubisz swoich przyjaciół, nawet
kiedy nie robią tego, co chcesz?

Czy wolisz być sam, czy z przyjaciółmi?

WOLĘ BYĆ Z PRZYJACIÓŁMI, BO NIE LUBIĘ BYĆ SAM.

Tak, ale...

Czy lubisz innych tylko dlatego, że czujesz się przy nich bezpiecznie?

Zatem nieważne, kim są twoi przyjaciele, wystarczy, żeby byli przy tobie?

Czy możemy czuć się dobrze z innymi, jeśli nie czujemy się dobrze sami ze sobą?

Czasem nie możesz się zdecydować, czy wolisz samotność, czy towarzystwo. Lubisz swoich przyjaciół. Miło spędzacie razem czas. Najlepszym zdradzasz swoje największe tajemnice. Uwielbiasz z nimi rozmawiać. Lecz gdy się z tobą nie zgadzają, denerwujesz się. Poza tym chcą od ciebie rzeczy, których ty nie masz ochoty im dać. Wtedy wolisz być sam. Ale w końcu zaczynasz się nudzić sam ze sobą. Właściwie to boisz się samotności. Zaczyna ci brakować przyjaciół… Wygląda na to, że trzeba się zarówno nauczyć być z samym sobą, jak i z innymi. I że zbudowanie prawdziwej przyjaźni wymaga czasu…

Zadając sobie to pytanie, możesz...

...nauczyć się, jak mówić innym „tak”, pozostając przy tym sobą.

...uświadomić sobie, że aby istnieć, potrzebujesz innych.

...zdać sobie sprawę, że ludzie są od ciebie inni, a ty jesteś inny od nich.

...zastanowić się, czego oczekujesz od swoich przyjaciół i co sam możesz im dać.

Czy boisz się wypowiadać przed całą klasą?

Czy boisz się wypowiadać przed całą klasą?

NIE, BO LUBIĘ SIĘ WYGŁUPIAĆ.

Tak, ale...

Czy wygłupy
przed czymś cię chronią?

Czy humor pomaga oswoić to,
czego się boimy?

Czy życie może być grą?

TAK, BO NIE LUBIĘ, GDY INNI NA MNIE PATRZĄ

Tak, ale...

Czy to, że patrzą, oznacza, że oceniają?

Czy wolałbyś być niewidzialny?

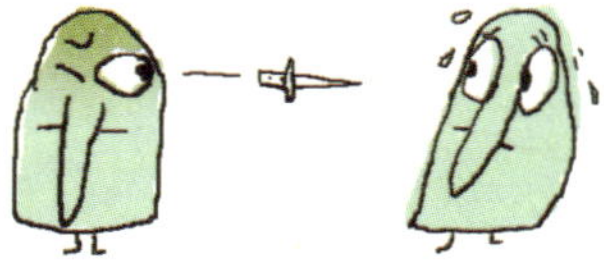

Czy spojrzenie może zranić?

Czy boisz się wypowiadać przed całą klasą?

TAK, BO JESTEM SAM, A ICH JEST WIELU.

Tak, ale...

Czy każdy z nich nie jest sam, tak jak ty?

Czy samotności zawsze trzeba się bać?

Czy to, że jest ich wielu, oznacza, że są przeciwko tobie?

Czy boisz się wypowiadać przed całą klasą?

TAK, BO MOGĘ SIĘ POMYLIĆ I WYJŚĆ NA GŁUPKA.

Tak, ale…

Czy nie chodzisz do szkoły po to, żeby się uczyć?

Czy żeby być mądrym, trzeba wszystko wiedzieć?

Czy musimy być idealni, żeby mieć prawo do istnienia?

Czy można wyglądać na głupka, lecz wcale nim nie być?

TAK, BO ROBIĘ SIĘ CZERWONY I SIĘ JĄKAM.

Tak, ale...

Czy czasem udaje ci się zapanować nad emocjami?

Czy tylko ty się czerwienisz i jąkasz?

Czy aż tak strasznie jest się czerwienić?

Czy boisz się wypowiadać przed całą klasą?

NIE, BO LUBIĘ, GDY INNI MNIE SŁUCHAJĄ.

Tak, ale…

Czy to, że cię słuchają, oznacza, że cię cenią?

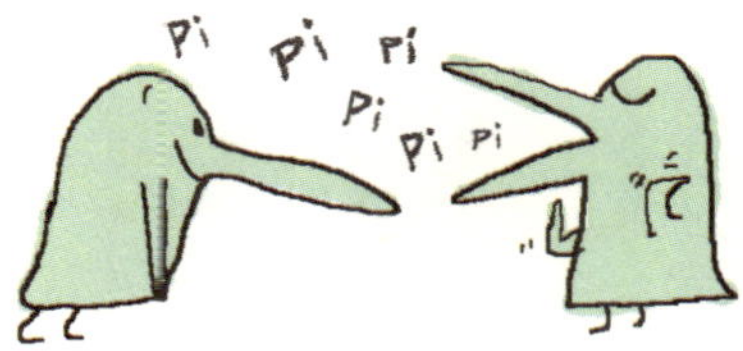

Czy ty lubisz słuchać innych?

Czy można kogoś słuchać i go nie rozumieć?

Występ publiczny jest szczególną sytuacją.

Może ci sprawiać przyjemność lub cię przerażać. Bo tych po drugiej stronie jest więcej. Obawiasz się ich. Mogą cię wyśmiać. A ty tak bardzo chcesz im się spodobać. Myślisz, że ci się to uda, gdy ich rozśmieszysz. Ale czasem jesteś tak przejęty, że trudno ci wydusić słowo. Jeśli przestaniesz surowo się oceniać i wyobrażać sobie, co myślą o tobie inni, być może przestaniesz się ich tak bardzo bać...

Zadając sobie to pytanie, możesz...

...znaleźć swoje miejsce i rolę w grupie.

...zastanowić się, dlaczego grupa może onieśmielać albo przerażać.

...powiedzieć sobie, że nie jesteś idealny, i że nikt nie jest.

...zaakceptować fakt, że nie wszystkim się podobasz.

Oscar Brenifier

doktor filozofii i wykładowca. Prowadzi warsztaty filozoficzne dla dorosłych i dla dzieci w wielu krajach. Jest m.in. autorem serii *L'Apprenti philosophe* (Uczeń Filozofa), podręcznika dla pedagogów *Enseigner par le débat* (Nauczanie poprzez debatę) oraz książki *Contes philosophiques* (Bajki filozoficzne). W Polsce opublikował wcześniej dwa tytuły adresowane do młodego czytelnika – *Szczęście według Niny* oraz *Prawda według Niny*.

Strona internetowa: www.brenifier.com

Serge Bloch

urodził się w 1956 roku w Colmarze. Zapytany o zawód, odpowiada, że ma ich dwa lub trzy: dyrektor artystyczny, ilustrator książek i gazet, a także – od czasu do czasu – autor komiksów dla dzieci i dorosłych. Dzięki ilustracjom do serii *Max et Lili* (Maks i Lili) zyskał uznanie wśród najmłodszych czytelników i ich rodziców. W Polsce jego ilustracje można zobaczyć m.in. w książkach *A ja czekam...*, *Przemoc. Nie!* oraz *Poniżanie. Nie!*. Twierdzi, że stara się tworzyć rysunki humorystyczne. I robi to... po mistrzowsku. Na pytanie: „Uczucia, co to takiego?" odpowiedział: „To coś, co sprawia, że się nie nudzimy".